DOORS TO FREEDOM

Written by Ayumu Takahashi

WHAT A WONDERFUL WORLD.

この世界は素晴らしい。

LIFE IS BEAUTIFUL.

生きるって素晴らしい。

WE ARE BORN TO BE FREE.

僕らは、自由に生きるために生まれてきた。

DOORS

FREEDOM

142

PHOTO INFORMATION CARD

31st SOUTHERN SHORT COURSE

___ Part of a Student portfolio

___ Part of the Southern Photographer of the Year portfoli

X CATEGORY ENTRY ONLY

Category: feature

Caption: "Just Hangin Arround"

Name: STEVE GARDNER

Affiliation: JACKSON Daily News

Address:

どう生きるか？

それだけは、自分で考えろ。
そして、自分で決めろ。

本当に大切なことは、人に相談しないほうがいい。

生き方に、正しい答えなどない。

自分が決めたこと。
それが唯一の答えだ。

どうなろうと、誰かのせいにしてはいけない。
自分ですべての責任を背負って、堂々と胸を張って歩き続けるしかない。

くだらないことで悩むのは、もうやめよう。
いらない荷物はすべて捨ててしまえ。

生きていくうえで大切なことは、そんなに多くない。

自分は、どうしたいか。

本当は、すべて知っているだろう？

恐れることなく。

自分を解放して。

TRIP ON YOUR ROAD.
自分の旅を続けよう。

CONTENTS

LET'S GO ON A TRIP! FEEL THE EARTH.

旅をしよう。地球を感じよう。

MEET YOUR JOB.

自分の仕事に出逢おう。

CHANGE THE WORLD.

自分を変えよう。世界を変えよう。

ENJOY THE STORY OF LIFE.

人生という物語を楽しもう。

LOVE & FREE

愛する人と自由な人生を。

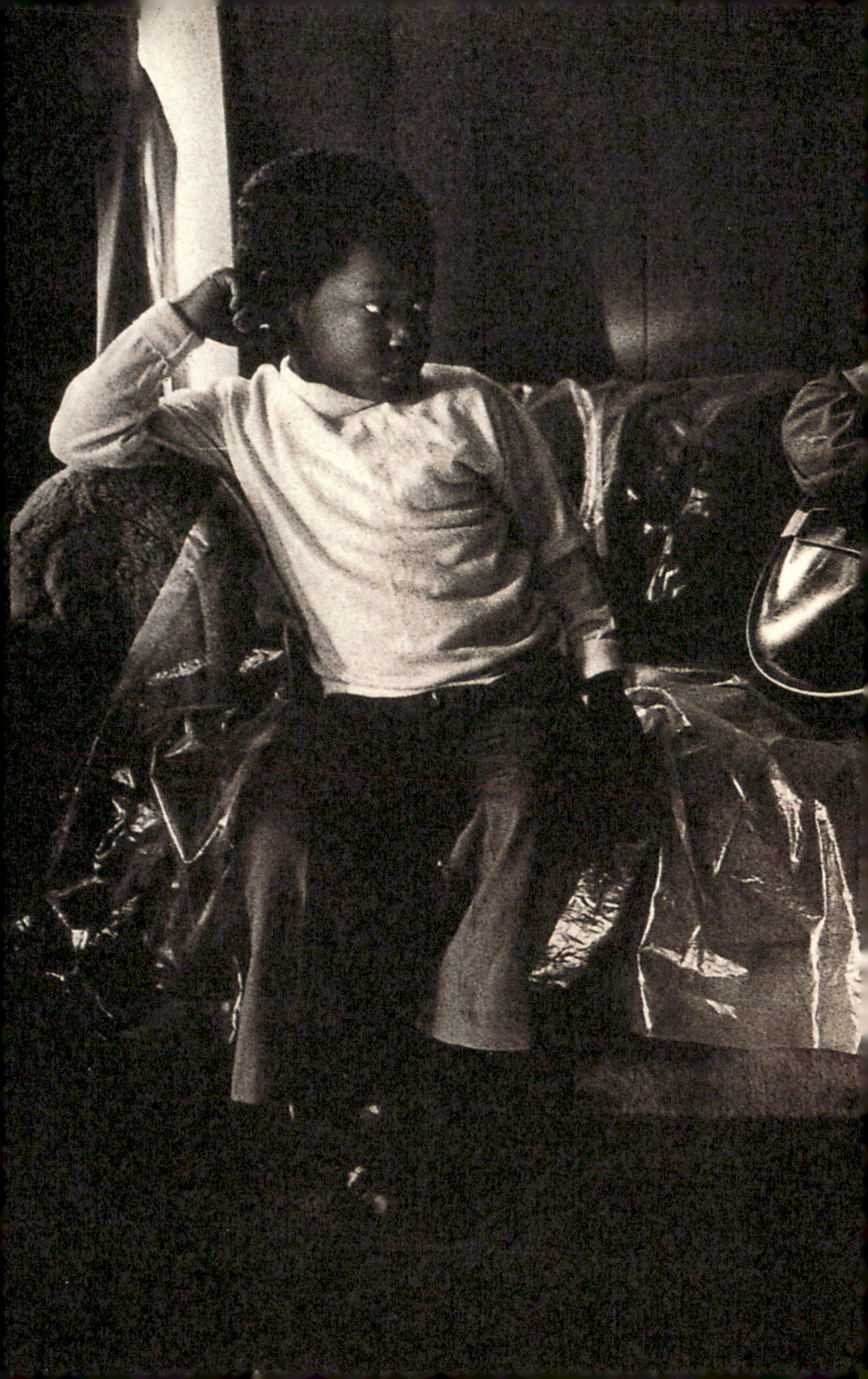

ORIGINAL

レッツ・メイク

LET'S MAKE

THE ONLY ONE BOOK!

ザ・オンリー・ワン・ブック!

CUSTOMED

本は、読むだけのものじゃない。
車や洋服みたいに、本だって、自分流にカスタムしたいじゃん。
大切な本だからこそ、自分の感性のままに、自由に改造して、世界でたったひとつの本を創っちゃおうぜ！… まぁ、そんな気持ちを込めて。

僕らは、この本で紹介されるすべての本の表紙を、身のまわりにある様々な素材を使って、自由気ままにカスタマイズ＝再デザインしてみました。

その作品オリジナルの素晴らしい表紙デザイン。そして、僕らの感性で、カスタマイズした表紙デザイン。
両方を楽しんでもらえると嬉しいです。

そして、気が向いたら、ぜひ。
この本も、あなたの感性で、自由にカスタマイズしてみてね。

DOORS TO

FREEDOM

1 PART. 1

LET'S GO ON A TRIP! FEEL THE EARTH.

旅をしよう。地球を感じよう。

Oögenes
Boutique

人は、自分ひとりで、自由になるのではない。
素晴らしい人やものに出逢うことを通じて、自由になっていく。

旅に出るのに、理由なんていらない。意味もいらない。
ただ、衝動に任せて、飛び出せばいい。

すべては、そこから始まる。

GRANTS
RESTAURANT
OPEN
CAFE OPEN
BIEN VENIDOS
ROUTE 66
MOTEL

旅の途中で。

出逢ったり、別れたり。
好きになったり、嫌いになったり。
だましたり、だまされたり。
傷ついたり、傷つけたり。
ぶっ飛んだり、落ち込んだり。
得たり、失ったり。
病んだり、蘇ったり。
見たり、聞いたり、触ったり、味わったり、嗅いだりしながら。

いろんな、自由を知る。
いろんな、自分を知る。

旅をしよう。地球を感じよう。

chatman's advice
sam chatman's advice

HOLLYWOOD
HEAVEN
&
WHO KNOWS WHER
npr

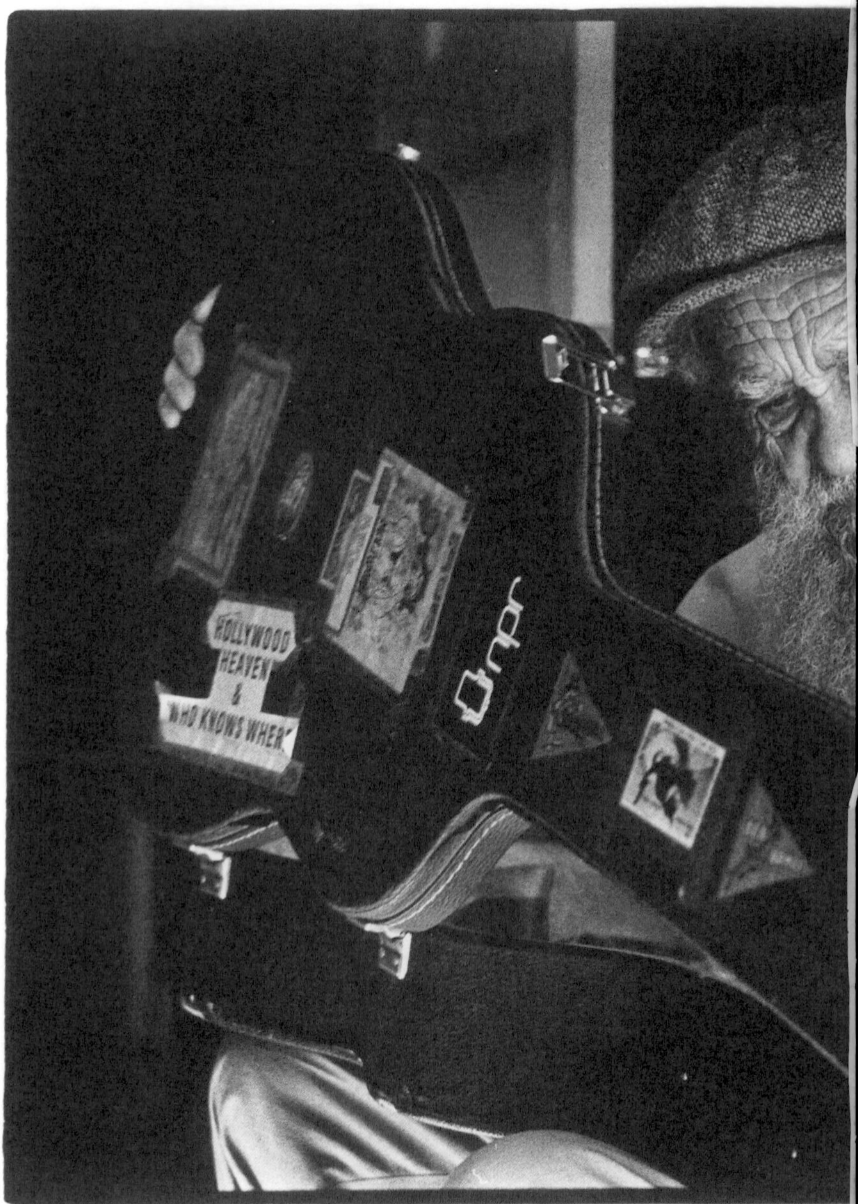

GREYHOUND
MERICRUISER

6220
VICKSBURG
GREYHOUND

1

TRIP FOR PEACE!

TRIP FOR PEACE!

世界は、家族で出来ている。

旅をして、ひとりひとりの人と出逢い、ひとつひとつの家族と出逢いながら。
世界中に友達をいっぱい創ろう。

みんながどんどん旅をして、友達が増えていけば、きっと、戦争も減っていく。
だって、友達と殺し合おうとは想わないでしょ？

国と国ではなく、人と人、家族と家族で付き合える友達を増やしていこう。
きっと、それが、平和への一番の近道だ。

みんな違う。だからいい。
多様なものが、多様なままに。

Go on a Trip for Peace!

RESPECT BOOKS

1

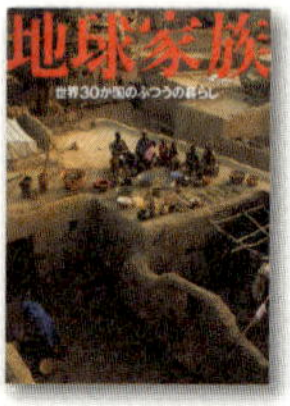

「地球家族 ～ 世界 30 か国のふつうの暮らし」
マテリアルワールド・プロジェクト 代表ピーター・メンツェル / TOTO 出版

世界中の家族の日常的な暮らしを撮った写真集。
思わず、「地球 LOVE！」って叫びたくなるくらい、素敵な本。
日本の家族も含まれているので、他の国と比較してみるのも面白いね。

「続 地球家族 ～ 世界 20 か国の女性の暮らし」
マテリアルワールド・プロジェクト フェイス・ダルージオ ピーター・メンツェル / TOTO 出版

世界中の女性たちの暮らしを撮った写真集。
インタビューを通して、各国の女性たちの結婚、子育て、仕事、料理、そして人生に対する考え方などがいろいろと紹介されていて、女性にとっては特に面白い本だと想う。
やっぱり、世界は女性でまわっているんだね。

「地球の食卓 ～ 世界 24 か国の家族のごはん」
ピーター・メンツェル　フェイス・ダルージオ / TOTO 出版

世界中の家庭の日常的なごはんが紹介されている本。現代の食の世界地図。
生活の基本である「食」というものを通して世界を見ると、それぞれの土地の違いがハッキリと見えてきて面白い。そしてなによりも、単純に、おいしそう！

▲CUSTOMED: 地球家族
customed by Hiroshi Morinaga
material: ポスターカラーマーカー
(ブルー／イエロー／オレンジ)

▲CUSTOMED: 続 地球家族
customed by Minoru Takahashi
material: OHPシート・布ヤスリ・カバー切り抜き
マットメディウム

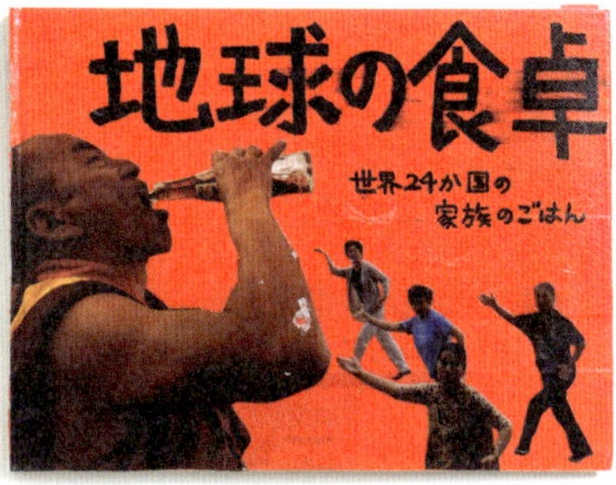

▲CUSTOMED: 地球の食卓
customed by Yuko Otsu
material: 水性マジック・ガムテープ・切り抜き・ジェルメディウム

2

CHILDREN'S WORLD

CHILDREN'S WORLD

自由とは？ 愛とは？ 平和とは？
旅の楽しさは？ 人はなぜ旅に出るか？

そんなこと知らないよ。
大人の世界は、説明しなくちゃいけないから面倒だ。

その点、子供と過ごしていると、わかりやすい。
すべてが、シンプルな言葉と見えないフィーリングで交換される。

大人になると、忘れてしまいがちだけど…
あのまっすぐで透明な感覚って、ハッピーに生きていくうえで、かなり大事だよな。

自由も、幸せも、平和も。
なるものじゃない。感じるものだ。

地球上の素晴らしいものに、いっぱいいっぱい触れながら。
生きる喜びを、頭ではなく、肌で受け止めようぜ。

RESPECT BOOKS

2

「『たからもの』って何ですか」
伊勢華子 / パロル舎

著者が画用紙と24色のサインペンを片手に世界をめぐり、119人の子供たちに、「自分にとっての宝物」を描いてもらった本。眺めているだけで、なんか、PEACEな気分に浸れる。読み終わったら、自分や親しい人にも聞いてみよう。
あなたの宝物は何ですか？

「ひとつのせかいちず」
伊勢華子 / 扶桑社

世界中の122人の子供たちに、「自分の心に想う世界地図」を描いてもらった本。
まず、著者の伊勢さん自身が、この旅をすごく楽しんでいるのが伝わってくるのがいい。
旅のスタイルはいろいろあるけど、こうやって、世界中の子供たちを訪ねて、一緒に何かをする旅って楽しそうだね。

▲CUSTOMED: 『たからもの』って何ですか
customed by Hiroshi Morinaga
material: メタルテープ・タグ裏側（CREAM SODA）
ホチキス・小笠原父島ビーチで拾った貝殻

▲CUSTOMED: ひとつのせかいちず
customed by Yuko Otsu
material: 切り抜き・アクリル絵の具（水色／緑／黄色）
アルファベットスタンプ・ジェルメディウム

3

EARTH SONG

EARTH SONG

今日は、ひとり、海で過ごしながら。
地球の歌を聴いていた。

仕事のことも、家族のことも、仲間のことも …
すべてから離れて、ひとりぼっちで、静かに過ごす時間。

変えられることを変える勇気を。
変えられないことを受け入れる潔さを。
そして、そのふたつを見分ける力をください …

そんな言葉が心にしみてくる。

リーダーでもなく、作家でもなく、父親でもなく、夫でもなく、
男ですらなく …
ただ、ひとりの人として過ごす、透明な時間。

そんなとき、いつも、地球の歌が聴こえてくる。

RESPECT BOOKS

3

「Earthsong 地球の歌」

ベルンハルト・エドマイヤー / フェイドン

地球上の人類未踏の地、手つかずの大自然を、空から撮った写真集。
人間が触っていない自然は、シンプルで、圧倒的に美しい。
地質学者による地理的な説明も充実していて、地球の大きさを感じられる。

▲CUSTOMED: Earthsong
customed by Minoru Takahashi
material: 飛行機のタグ・フライヤーコラージュ・マスキングテープ

4

SIGN FROM THE EARTH

SIGN FROM THE EARTH

旅をするにしても、暮らすにしても。
過ごす場所によって、自分が大きく変わっているのを感じる。

好きな場所にいると、身体が喜ぶ。そして、心が開放される。
好きな場所にいるからこそ、湧き上がる感情や見えてくるものがある。

あそこに行きたい、あそこに住みたい、そう感じるのは、
ここにおいで、という地球からのサインだ。

人間社会のごちゃごちゃに飲まれることなく。
素直に、地球からのサインに従って生きたほうが、きっと、気持ちいい。

どこで過ごすか。どこで暮らすか。
選んでいるのは自分。

好きな場所で、好きなことをしようぜ。

RESPECT BOOKS

4

「イニュニック 生命－アラスカの原野を旅する」 星野道夫 / 新潮文庫
「魔法のことば」 星野道夫 / スイッチ・パブリッシング
「星野道夫の仕事（1）～（4）」 星野道夫 / 朝日新聞社

アラスカに暮らし、自然と人間との関わりをテーマにしながら、素敵な写真や文章を残してくれた星野道夫さん。彼の作品に触れると、大好きな場所に暮らすことの喜びが強烈に伝わってくる。
紹介したい作品はいっぱいあるが、まずは、この3つを。
アラスカでの日々を綴ったフォトエッセイ集「イニュニック 生命」。
彼の講演をまとめた「魔法のことば」。
自然の美しさだけでなく、人間の美しさまでも感じられる写真集「星野道夫の仕事（1）～（4）」。
彼の作品は、まるで、幸せを伝える手紙みたいだ。
気持ちのいい場所で、じっくり、ゆっくりと味わってみて欲しい。

▲CUSTOMED: 魔法のことば
customed by Hiroshi Morinaga
material: ポスターカラーマーカー（イエロー／ブルー）
エッシャーのコースター・ペイントマーカー（シルバー）
北京のホテルのパンフより切り抜いた照明具・ボールペン

▲CUSTOMED: イニュニック
customed by Minoru Takahashi
material: カバー切り抜き・沖縄の押し花
ジェルメディウム・セロテープ

▲CUSTOMED: 星野道夫の仕事
customed by Minoru Takahashi
material: カバー切り抜き・ハワイの押し花・マスキングテープ

5

ON THE ROAD

ON THE ROAD

人生の計画なんていらない。
自分なんて、いつ、どう変わるかわからない。

ただ、守るべきものだけをポケットに入れて。

いつも、驚きながら、興奮しながら。
感じるままに、世界中の路上を飛び回っていたい。

一生、ただの男であれ。
一生、旅人であれ。

すべては路上に落ちている。

RESPECT BOOKS

5

「路上」

ジャック・ケルアック / 河出文庫

もう、ビートに触れたか？ もし、まだならば、まずは、「路上」を。
ビートジェネレーションの代表的な作家、ジャック・ケルアックによる路上放浪生活を綴った小説。
きっと、自分の中で、なにかが壊れる。そして、自分の中にある、なにかを思い出す。

「EASY RIDER」（DVD）

出演：デニス・ホッパー ピーター・フォンダ
監督：デニス・ホッパー / ソニー・ピクチャーズエンタテインメント

若い時代に必ず一度は観ておくべき伝説のロードムービー。
音楽もすべてROCKで気持ちいい。
この映画についての評論は巷にいくらでもあるが、まずは、なるべく情報を入れずに観て、自分の肌で感じてみて欲しい。
いろいろ考えるのは、それからでいい。

▲CUSTOMED: 路上
customed by Hiroshi Morinaga
material: 段ボール・ペイントマーカー（ゴールド／シルバー）
ショートホープのパッケージ・ビニールテープ（ホワイト）
革ヒモと羽毛（洋服屋からもらったもの）

▲CUSTOMED: EASY RIDER（DVD）
customed by Hiroshi Morinaga
material: ポスターカラーマーカー（イエロー）
ホチキス・ロックバンドのシール

6

ISLAND TRIP

ISLAND TRIP

地球上には、数万の島がある。
アフリカの無人島も、マンハッタンも、そして、日本列島も、みんな島だ。
地球は、島で出来ている。

島にいると、なにもかもが濃くなっていく。
人も、音楽も、アートも、食べ物も、生物も、風も…
すべてが、その島独特の色で、強烈に迫ってくる。

島にいると、壁が溶けていく。
いいものも、悪いものも、ごちゃ混ぜになって、原色のまま、オレの中に入ってくる。
自分というものが、ぐちゃぐちゃにされながら、シンプルになっていくのを感じる。

楽園へ。悪魔の巣へ。
島への旅は、ときに、人生を変える力を持っている。

RESPECT BOOKS

6

「アイランド・トリップ・ノート」

森永博志 / A-Works

約20年に渡り、世界の島々を放浪し続けた男による伝説の島旅ノート。
誰も知らないパラダイスへの扉を開いてくれる本。
ぜひ、この本とパスポートと金だけ持って、空港へ向かって欲しい。

「ハワイイ紀行 【完全版】」

池澤夏樹 / 新潮文庫

池澤夏樹さんによるハワイ論。
好きなビーチの木陰で、ビール片手にゆっくりと読むと、ハワイがもっと好きになる本。
オレも数年後からハワイに住もうと想っているので、かなり興味深い話がいっぱいだった。

「太陽の子」

灰谷健次郎 / 角川文庫

今、暮らしている沖縄という島の物語を1冊と言えば、オレは、迷わずこれを選ぶ。
とっても痛くて、とっても優しい物語。
この本を読んで、いっぱい泣いた。

▲CUSTOMED: アイランド・トリップ・ノート
customed by Minoru Takahashi
material: ビールの蓋・布ヤスリ・エドウィンのタグ
アルファベットスタンプ・ジェルメディウム・麻紐

▲CUSTOMED: ハワイイ紀行
customed by Hiroshi Morinaga
material: 修正用インク（ホワイト）・ホチキス
ポスターカラーマーカー（イエロー／オレンジ／ブルー）
マジックインキ（ブラック／グリーン）・段ボールの切れ端

▲CUSTOMED: 太陽の子
customed by Hiroshi Morinaga
material: ポスターカラーマーカー（バーミリオン）
鉛筆 4B・1960 年代中国文化大革命時の図案集
ジュエリーシール（ブラック）

7

TOUCH & FEEL

TOUCH & FEEL

オレは、20歳の頃、初めて、マザー・テレサについての本を読んだ。
すごい！ と想った。
そこで、インドのカルカッタへ飛び、彼女の孤児院でボランティアをした。

オレは、20歳の頃、初めて、サイババについての本を読んだ。
やばい！ と想った。
そこで、インドのプッタパルティにある、彼の寺院へ向かった。

世界の貧困が… 食糧危機が… 自分に出来ることは…
超能力は、ウソか？ 本当か？
そんなことを都会でぺちゃくちゃ話しているだけでは、満足できない。

触って、感じて、初めてわかる。

ピン！ と来た場所には、とりあえず行っちゃえ！
そういうテンションで生きていると、人生はどんどん楽しくなる。

RESPECT BOOKS

7

「マザー・テレサ あふれる愛」

沖守弘 / 講談社文庫

カルカッタのスラムで、貧しい人たちのために働き続けた女性、マザー・テレサ。
彼女の活動や想いが、とってもリアルに、わかりやすく紹介されている本。

「理性のゆらぎ」

青山圭秀 / 幻冬舎文庫

著者の青山さんが、インドを旅しながら、見て感じたことをまとめた本。
空間から物質を出すというサイババの話や、すべての人の運命が綴られているというアガスティアの葉の話など、魅力的＆不思議な話がいっぱいで、きっと、自分の眼で確かめてみたくなるはず。

▲CUSTOMED: マザー・テレサ あふれる愛
customed by Hiroshi Morinaga
material: 段ボール・アルファベットスタンプ
針と糸・ホチキス・竹の楊枝

▲CUSTOMED: 理性のゆらぎ
customed by Minoru Takahashi
material: 英字新聞コラージュ・クレパス
アクリル絵の具（白）

8

ANOTHER WORLD

ANOTHER WORLD

最近、アリの本とゾウの本を読んで、かなりハマった。

アリに関する本を読みながら、彼らの高度に発達した役割分担システムに驚き、自分の会社の役割分担にも応用してみたり。ゾウに関する本を読みながら、メスがリーダーとなる母系社会というものや、それがもたらす平和な暮らしに触れ、LOVE＆PEACEについてマジに考えてみたり…

今まで、あまり注目していなかったけど。
人間以外の生物を通して見えてくる世界も、なかなか面白いぜ。

地球上には、ありとあらゆる生物が暮らしている。
名前すら知らない生物も、うじゃうじゃいる。

さぁ、ワクワクセンサーをガンガンに広げて。
人間以外の世界へもトリップしてみよう。

もしかしたら、人生を変えちゃうような出逢いが待ってるかもよ…

RESPECT BOOKS

8

「アリ王国の愉快な冒険」

エリック・ホイト / 角川春樹事務所

全世界で1万兆匹、合計すれば人類全体の重さに匹敵するといわれるアリの社会と、そこで起こる日々のドラマを紹介した本。アリの研究に人生を捧げている科学者たちのドラマも面白い。

「エレファンティズム 坂本龍一のアフリカ」(DVD BOOK)

製作総指揮：坂本龍一 編集：月刊ソトコト編集部 / 木楽舎

911の後に、坂本龍一さんがアフリカを訪れて製作したドキュメンタリーDVD&BOOK。
この地球上で、人類が平和に暮らしていくために。アフリカに暮らす、人類学者やゾウの研究者、マサイ族の人々などと交わされる対話は、グッと来る内容のものが多かった。アフリカの大自然を撮った映像や坂本龍一さんによる音楽も楽しみながら、何度も何度も繰り返し観たい作品。

▲CUSTOMED: アリ王国の愉快な冒険
customed by Hiroshi Morinaga
material: ポスターカラーマーカー（ブラック）
セロハンテープ

▲CUSTOMED: エレファンティズム
customed by Hiroshi Morinaga
material: ポスターカラーマーカー（イエロー／ブラック）
象と車のヘッドライトのコラージュ・段ボールにボールペンでスケッチ
アルファベットスタンプ・ホチキス

9

PLAY SPACE!

PLAY SPACE!

宇宙旅行のガイドブックを読みながら、思わず、「宇宙って、マジで行けるんだ！」って叫んでしまった。

驚いたのは、現在、約1000万円で宇宙に行くツアーが実際に販売されているということ。まだまだ高いけど、このままいけば、10年も経たないうちに、海外旅行レベルになるのでは？ という話が、かなり現実に思えてきて、ワクワクする。

せっかく、この時代に生まれたわけだし、地球だけじゃもったいない。

宇宙でも遊ぼうぜ。

RESPECT BOOKS 9

「宇宙の歩き方」 林公代 / ランダムハウス講談社
「宇宙旅行ハンドブック」 エリック・アンダーソン / 文藝春秋

宇宙旅行のガイドブック２冊。最初、本屋の店頭で表紙を見たときは、冗談の本だと想ったんだけど、内容を見てみてびっくり。完全に本気の宇宙旅行のガイドブック。ツアーの値段や日程表はもちろん、ツアー中の食べ物、服装、睡眠、見どころなどもリアルに紹介されていて、すごい。

「宇宙ステーションの作り方」
非日常研究会 / 同文書院

非日常研究会という面白い名前の集団が作った、ブッ飛んだ本。
宇宙遊泳の方法から、スペースコロニーの作り方まで、シャレ半分、マジ半分でいろいろと書かれていて、読んでいて笑える。宇宙を知るきっかけとしては、難しい本を読むより、ぜんぜん面白いと想うよ。

▲CUSTOMED: 宇宙の歩き方
customed by Hiroshi Morinaga
material: すべてセロハンテープ止め
アウトドアウェアの広告と地球、宇宙をコラージュ

▲CUSTOMED: 宇宙旅行ハンドブック
customed by Minoru Takahashi
material: カバー・ポストカードコラージュ
マットメディウム

▲CUSTOMED: 宇宙ステーションの作り方
customed by Yuko Otsu
material: 外国雑誌コラージュ・文字切り抜き

LET'S GO!

行こう、どこまでも！

LET'S GO!

「宇宙はね。そんなに簡単に行けないんだよ」 by NASA

2 PART. 2 MEET YOUR JOB.

自分の仕事に出逢おう。

Oögenes
Boutiqu

自分はどう生きるか、を考えるとき。
なにでメシを食うのか、というのは、大きなテーマのひとつだ。

仕事のやり方によって、自然に、自分のライフスタイルも決まってくる。

仕事選びは、生き方選びでもある。

18
18

今の流行？ 会社の将来性？ 自分に合っているか？
自分の仕事を決めるうえで、そんなことはどうでもいい。

一番大切なのは、自分が完全燃焼できることをやる、ってことだ。

サラリーマンでも、独立しても、フリーターでも、肩書きなんて、なんでもいい。
給料が安いか高いかも、休みがあるかないかも、二の次だ。

まずは、気が狂ったように、それだけにのめり込めることを選ぼう。

その真剣さ、その情熱が、すべてを引き寄せていく。

ひとつのことに集中して、狂ったように頑張っていれば、必ず、
力はついてくる。
失敗を繰り返しながら、専門的な知識や技術も身についてくる。

それが、誰か他の人の役に立ち始めたとき。
お金は自然についてくる。

LITTER CAN

SWAP MEET 6

US POST OFFICE
LEARNED MS

10

HUMAN SCRAMBLE

HUMAN SCRAMBLE

世界は広い。そして、仕事の種類は無限にある。

なのに、やりたい仕事を聞くと、みんな同じようなことを言う。
みんな違う人間なのに、そんなのおかしいよな。
知らぬ間に、マスコミに洗脳され、流行に流され、選択肢が狭く狭くなっている。

自分にとって、最高の仕事に出逢うために。
まずは、なんでも、やってみることだ。

若いときの自慢は、体力のみじゃん。
とにかく、ワクワクセンサーを全開にして、おもいっきり動き回ってみよう。
寝る間を惜しんで、めいっぱい遊んで、めいっぱい旅して、めいっぱいバイトして…
そんな様々な体験を通して、もっともっと、多くの人の生き方に触れてみよう。

他人の生き方を知ることで、自然に、自分の生き方の選択肢も広がっていく。

人との出逢いが、仕事との出逢いだ。

RESPECT BOOKS 10

「職 1991～1995 WORK」

橋口譲二 / メディアファクトリー

写真家、橋口譲二さんが、普段、あまりマスコミに紹介されることのない仕事をしている人たちを撮った写真集。ひとつの「職」に対して、若手とベテラン、ふたりの写真を対称に置き、それぞれの言葉やキャリアや収入などのデータも添えられている。
飾らない写真と言葉から、紹介されている人々の人生がすごくリアルに伝わってきて、まるで逢って話しているみたいな気分にさせられる本だ。

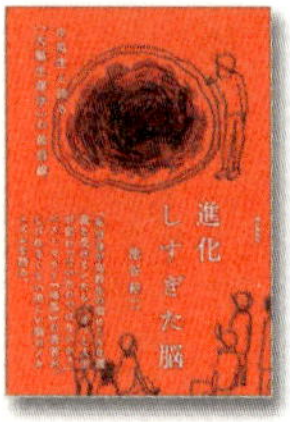

「進化しすぎた脳」

池谷裕二 / 朝日出版社

自分の枠を外そう、視野を広げよう、発想を柔らかく…なんていうときは、ちょっと視点を変えて、人間の脳に注目してみるのも面白い。この本は、脳科学を最先端で研究している若い日本人の学者が、高校生向けに講義した内容をまとめたものなので、すごくわかりやすかった。
「脳を知ると、自分が見えてくる」なんてよく言うけど、それは、ホントだと想う。脳って、すごいね。

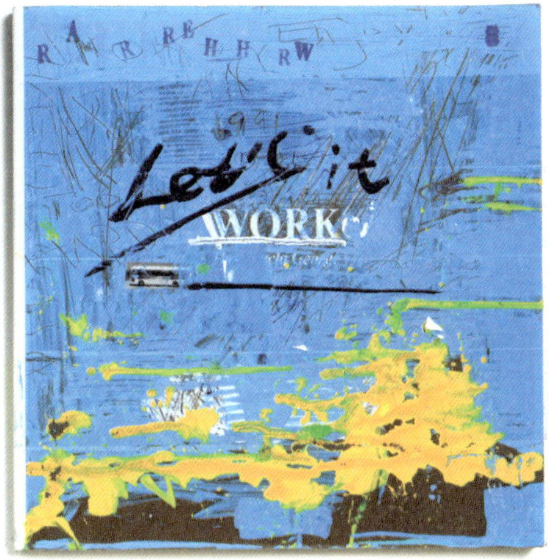

▲CUSTOMED: 職
customed by Hiroshi Morinaga
material: ポスターカラーマーカー（ブルー／イエロー）・アルファベットスタンプ
マジックインク（ブラック）・鉛筆 4B

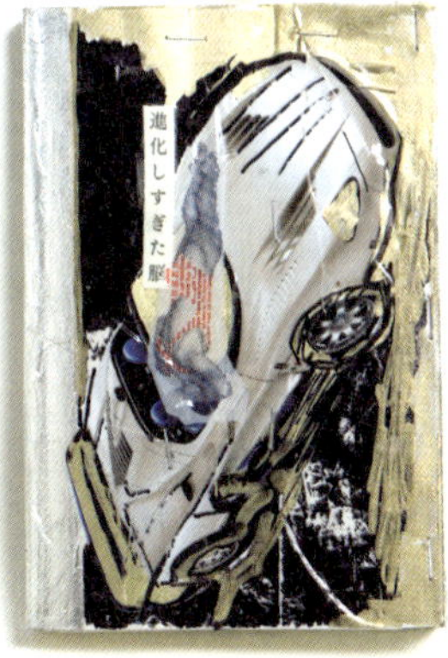

▲CUSTOMED: 進化しすぎた脳
customed by Hiroshi Morinaga
material: キッチン用の油除け・ホチキス
DVD・プラスティック製毛沢東バッチ

11

DROP OUT

DROP OUT

人生は短い。
やりたくもない仕事を続けるのは、時間の無駄だ。

もし、今、これは自分の仕事じゃない、と感じているのならば。
まずは、辞めることから始めよう。

すべては、そこから始まる。

未来のために、今を耐えるのではなく。
未来のために、今を楽しく生きるのだ。

RESPECT BOOKS 11

「ドロップアウトのえらいひと」
森永博志 / 東京書籍

「続 ドロップアウトのえらいひと」
森永博志 / 東京書籍

つまらない常識や肩書きの世界からドロップアウトし、自由であり、自分であり続ける大人たちを紹介した本。自分の道をまっすぐに生きてきた人たちのナマの声が、胸に突き刺さる。
道の途中で、パワフルな先輩たちの声に耳を傾けてみるのも悪くない。

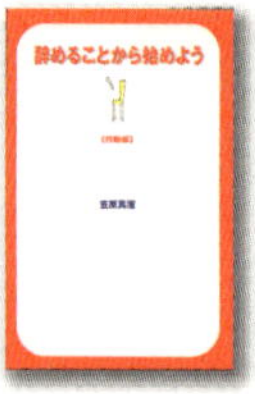

「辞めることから始めよう 心理編」
笠原真澄 / サンクチュアリ出版

「辞めることから始めよう 行動編」
笠原真澄 / サンクチュアリ出版

20代、30代の働く女性たちへのアンケートと取材をもとに、「辞めたい。だけど、辞められない」という人の本音と、「実際に辞めてみた」という人の体験が紹介されている。
いわゆる「転職本」のイメージを超えて、いい意味で、かなり乱暴にまっすぐに創られていて、著者のメッセージがダイレクトに伝わってくる本だ。

▲CUSTOMED: ドロップアウトのえらいひと
customed by Minoru Takahashi
material: 梱包紙・アクリル絵の具・文字の切り抜き
アルファベットスタンプ

▲CUSTOMED: 続 ドロップアウトのえらいひと
customed by Minoru Takahashi
material: 梱包紙・アクリル絵の具・文字の切り抜き
アルファベットスタンプ・布ヤスリで表面を削る

▲CUSTOMED: 辞めることから始めよう 心理編
customed by Yuko Otsu
material: ガムテープ（白）・ダンボール切り抜き
ピザ写真切り抜き・文字の切り抜き・セロテープ
ポスターカラーマーカー（赤）・色鉛筆（ベージュ）

▲CUSTOMED: 辞めることから始めよう 行動編
customed by Yuko Otsu
material: ガムテープ（赤）・ダンボール切り抜き
ピザ写真切り抜き・文字の切り抜き・セロテープ
ポスターカラーマーカー（赤）・色鉛筆（ベージュ）

12

PASSION

PASSION

大学に通っていた20歳のとき、「カクテル」という映画を観た。
心が震えた。鳥肌が立った。
そして、一瞬で、職業を決めた。

「サイコー！ オレもバーテンダーになって、自分の店を持つ！」
ずっと探していた、自分のやりたい仕事ってやつが、やっと見つかった気がした。

その後に待っていたすべての苦労を乗り越えるのに、充分な興奮だった。

この映画に出逢わなければ、今の自分はいない。
オレの人生の分岐点は、レンタルビデオ屋で借りた1本の映画だった。

まぁ、難しく考えるな。
この胸のときめきが来たってことは、もう、それだけでOKなんだよ。

RESPECT BOOKS

12

「カクテル」(DVD)

主演：トム・クルーズ 監督：ロジャー・ドナルドソン
ブエナ・ビスタ・ホーム・エンターテイメント

ニューヨークとジャマイカを舞台に活躍する、あるバーテンダーのサクセスストーリー。
主人公の若者が、大学を辞め、バーテンダーとなり、愛する人を見つけ、自分の店を持って…というありがちな物語なんだけど、20歳の頃のオレにとっては、この映画が、自分の求めている世界そのものだった。音楽もいいし、オレは大好きで、もう何十回も観てます。

▲CUSTOMED: カクテル
customed by Yuko Otsu
material: 英字新聞コラージュ・アルファベットスタンプ
ジェルメディウム・アクリル絵の具（青）

13

CREATION

CREATION

創りたいものを創り、それでメシを食っていこう。

センスも、才能も、流行も、マーケティングも、インディーズも、メジャーも…
そんなものは、なにも関係ない。
ただ、いいものを創り続けていれば、必ず、それで、メシを食えるようになる。

洗練されるな。ぐちゃぐちゃしよう。
洗脳されるな。まずは、中指を立てろ。
自信を持って、自分の世界を、どこまでも深めていこう。

技術やダンドリは学べても、想いは学べない。
一番大事なものは、学ぶものではない。思い出すものだ。

多くの人の心に響くものは、自分のド真ん中から生まれてくる。

RESPECT BOOKS

13

「『もののけ姫』はこうして生まれた。」
浦谷年良 / 徳間書店

「『もののけ姫』はこうして生まれた。」(DVD)
スタジオジブリ
ブエナ・ビスタ・ホーム・エンターテイメント

映画「もののけ姫」の製作過程を通して、筆者が宮崎駿さんや鈴木プロデューサー、スタジオジブリのスタッフ、その他多くの関係者に密着しながら、ナマの声と現場の空気をひろった本とDVD。
宮崎駿さんが、若い世代へ向けて語った言葉もたくさんあるし、もの創りをしている人はもちろん、若い人なら誰でも、たくさんの素敵なインスピレーションがもらえるドキュメント。

「建築を語る」
安藤忠雄 / 東京大学出版会

「連戦連敗」
安藤忠雄 / 東京大学出版会

「20代を生きる」をテーマに、世界で活躍する建築家、安藤忠雄さんが大学生へ向けて講演した内容をまとめた本。作品を創るうえで、どんな旅をして、何を感じ、それを具体的にどうカタチにしていったのか。そんな、作品を創っていくうえでのプロセスが、本人の口からわかりやすく語られているのが嬉しい。すごい。建築に興味があってもなくても、もの創りをしていくうえで、得ることが多い本だ。

▲CUSTOMED:『もののけ姫』はこうして生まれた。
customed by Hiroshi Morinaga
material: マジックインク（グリーン／ブラウン）
ポスターカラーマーカー（イエロー）・80円切手・笹の葉

▲CUSTOMED:『もののけ姫』はこうして生まれた。(DVD)
customed by Minoru Takahashi
material: カバー切り抜き・沖縄、ハワイの押し花
アクリル絵の具・マットメディウム・段ボールにイラスト

▲CUSTOMED: 建築を語る
customed by Hiroshi Morinaga
material: ガムテープ・中国の書店のビニール袋
ペイントマーカー（シルバー／ゴールド）
マジックインク（ブラック）

▲CUSTOMED: 連戦連敗
customed by Hiroshi Morinaga
material: 表紙センター、カッターナイフで穴をあける。
ポスターカラーマーカー（ホワイト）
マジックインク（レッド／ブラック）
万年筆の広告をコラージュ

14

DESIRE

DESIRE

ブルーハーツが好きだ。

10代のヤンキーやってる頃から、30歳超えて2児の父になった今でも、大切なことを決めるときは、いつも、よく聴いてる。

好きなことを、ただ、「好きだ！」と叫ぶ彼らの声を聴いていると、自分の中のいらないものが、どんどんはがれて、シンプルになっていく。

ビビるな。余計なことを考えるな。
ただ、自分の大好きなことに、完全燃焼しよう。
たった一度の人生だ。大好きなことをやろう。

そして、うまくいくまで、信じて続けろ。
結局、それしかない。

夢は逃げない。逃げるのは、いつも自分だ。

RESPECT BOOKS

14

「ドブネズミの詩(うた)」

ザ・ブルーハーツ / 角川書店

ブルーハーツの語録集。すごくシンプルでグッと来る言葉がいっぱい。
収録された語録や歌詞はもちろん、本人たちからの寄せ書きもいい味でてる。

「ブルーハーツが聴こえない」(DVD)

ザ・ブルーハーツ / トライエム

ブルーハーツのヒストリーを追った映像によるドキュメント。
とにかく、直球!って感じのラフな作品で、オレは大好き。
「自分」というものが固まってしまう前に、ぜひ、一度は触れて欲しい映像だ。

▲CUSTOMED: ドブネズミの詩
customed by Minoru Takahashi
material: ガムテープ（青／白）・文字切り抜き
エドウィンタグ・ジェルメディウム

▲CUSTOMED: ブルーハーツが聴こえない
customed by Minoru Takahashi
material: ガムテープ（青）・プリンター用紙の袋（裏面）
エドウィンタグ・アクリル絵の具・ジェルメディウム
文字切り抜き・カバー切り抜き

大人がマジで遊べば、それが仕事になる。

さぁ、今日も、いい仕事しようぜ！

お仕事、おつかれさまです。
GOOD JOB
Thank you for today,
Good luck for tomorrow.

PART. 3

3 CHANGE THE WORLD.

自分を変えよう。世界を変えよう。

Oögenes
Boutique
Casse Pose

ルールは従うものじゃない。
自分で創るものだ。

この世の中は、この国は、この時代は....
うちの会社は、うちの上司は、うちの学校は....
法律が、税金が、保険が、年金が.....

ぐちゃぐちゃ、うるさいよ。
誰かの批判ばっかりしててもしょうがない。
文句があるなら、自分でルールを変えちまおう。

そう想う奴らへ。

VIVA LA REVOLUTION!

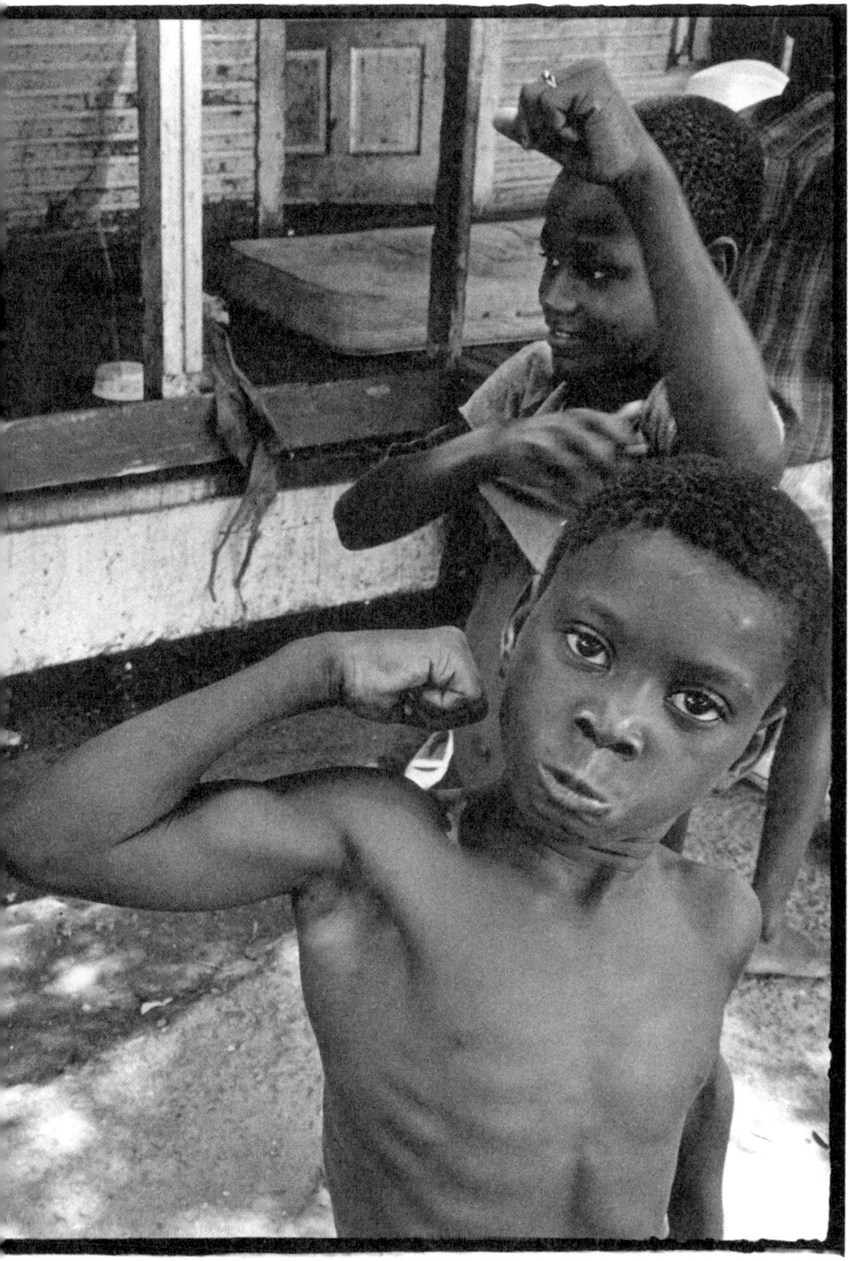

15

HISTORY

HISTORY

20代の終わり頃。
世界を旅しながら、日本の歴史にはまった。
バックパッカーたちの集まる安宿やバスストップで、他の国の連中と話すときに、あまりに自分の国の歴史を知らない自分が嫌になったことが、きっかけだった。

それから、日本の歴史に関する本を読み漁った。
それぞれの時代に、それぞれの味わいがあるが、やっぱり、一番、ガツン！と来たのは、日本の若者たちが、自ら自分たちの国を変えた明治維新の話。
この国で、百数十年前に生きていた20代の人々は、かなりアツい。やばい。

オモシロキ コトモナキ世ヲ オモシロクするのは、誰かじゃない。自分だろ。
祭りは待つものじゃない。始めるものだ。

彼らが、そう言っているような気がする。

さぁ、いこうぜ！

RESPECT BOOKS

15

「世に棲む日日」

司馬遼太郎 / 文春文庫

幕末の長州藩、吉田松陰と高杉晋作、そして松下村塾のメンバーたちを中心に展開される革命の物語。司馬遼太郎さんの本を読むと、面倒な授業だった「日本史」というものが、急に、自分の生き方に大きな影響を与える強烈な花火となって、爆発してくる。

「竜馬がゆく」　司馬遼太郎 / 文春文庫
「おーい！ 竜馬」　漫画：小山ゆう 原作：武田鉄矢 / 小学館

言わずと知れた坂本竜馬の物語。
やっぱりアツい。ガツン！ と来る。この小説は、竜馬のかっこよさだけでなく、彼を支えていた人々に注目しながら読むと、より深く楽しめると想う。いきなり長編小説はちょっと…という人は、「おーい！ 竜馬」というマンガから入ろう。自分も、最初は、このマンガから入り、どんどん広がっていった。

「燃えよ剣」

司馬遼太郎 / 文藝春秋

土方歳三、新撰組にスポットを当てた幕末の物語。
幕末の物語は、キャラの異なったイカした主人公たちが何人もいるので、いろいろな人の角度から見ると、より楽しい。
もし、幕末でひとり選べと言われれば、オレは西郷隆盛が一番好きかな。

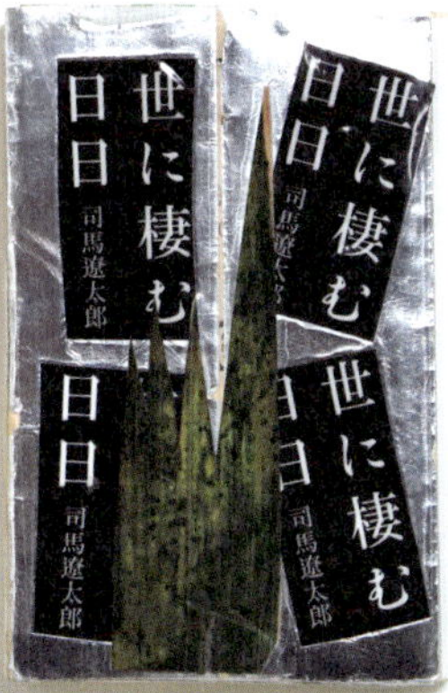

▲CUSTOMED: 世に棲む日日
customed by Hiroshi Morinaga
material: メタルテープ・笹の葉・セロハンテープ

▲CUSTOMED: 燃えよ剣
customed by Hiroshi Morinaga
material: 表紙画コラージュ・ジュエリーシール
ポスターカラーマーカー（ブラック）
アルファベットスタンプ

▲CUSTOMED: おーい！ 竜馬
customed by Minoru Takahashi
material: アムスの雑誌コラージュ
カバーのコピー・布ヤスリ・アクリル絵の具
パリ土産の人形の髪の毛

▲CUSTOMED: 竜馬がゆく
customed by Minoru Takahashi
material: アムスの雑誌コラージュ
プリンター用紙の袋（裏面）・アクリル絵の具
パリ土産の人形の髪の毛

16

ADVENTURE LIFE

ADVENTURE LIFE

革命家、チェ・ゲバラが好きだ。

キューバ革命の成功者として英雄のまま人生を終えることが出来るのに、そこにとどまらず、次は、南米全体を革命しようと、またすべてを捨ててボリビアに入り、その地で、死んでいった男。
最後まで、「革命に生きる」と決めた自分の原点を忘れることなく、どんなに偉くなっても、自分のことを、生涯、「冒険的な一兵士」と名乗っていた。

成功しても、それによって得た地位や名誉を守ろうとすることなく。
創っては捨て、創っては壊しを繰り返しながら、不要なものはすべて取り去りながら。さらなる大きなゴールへ向かって、突き進んでいきたい。
死ぬまで、冒険的に生き抜きたい。

彼の生き方に触れると、そんな想いが溢れてくる。

RESPECT BOOKS

16

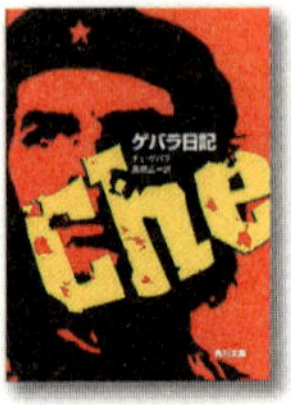

「ゲバラ日記」
チェ・ゲバラ / 角川文庫

チェ・ゲバラの日記。
死の数日前まで書いていたというこの日記を読むと、日々、彼が何を見て、何を考えていたのかが生々しく伝わってくる。意外に、神経質になっているときや、弱気になっているときも多くて、伝説の革命家である彼が、少し身近な存在になった気がした。

「ゲリラ戦争 キューバ革命軍の戦略・戦術」
エルネスト・チェ・ゲバラ / 中公文庫

キューバ革命の成功後に、その理論と戦略をまとめた本。
世界中で、革命を夢見ている同志たちへの、激励の手紙でもある。この本には、夢を現実にしていける人、口だけでなく行動に移せる人のエネルギーが溢れている。

「モーターサイクル・ダイアリーズ」(DVD)
出演:ガエル・ガルシア・ベルナル ロドリゴ・デ・ラ・セルナ
監督:ウォルター・サレス / アミューズソフトエンタテインメント

ゲバラの若き日の旅の記録を基にして創られたロードムービー。
伝説の革命家になる前、旅が好きな普通の大学生だった頃のゲバラが描かれていて、ゲバラ好きには、たまらない映画。
移り変わっていく南米大陸の風景も素敵だった。

▲CUSTOMED: ゲバラ日記
customed by Hiroshi Morinaga
material: ペイントマーカー（シルバー）
星のキラキラシール

▲CUSTOMED: ゲリラ戦争
customed by Yuko Otsu
material: 文字切り抜き・ハートのシール
ポスターカラーマーカー（シルバー）
チェ・ゲバラの切り抜き・水性絵の具（茶／黒）
ダンボール・ガムテープ（白）・セロテープ

▲CUSTOMED: モーターサイクル・ダイアリーズ
customed by Hiroshi Morinaga
material: ボール紙にアルファベットスタンプ
マジックインク（ブラック）・紹興酒のケースの図案
北京で見つけたギフト用金色のカード

17

YOUNG REVOLUTION

YOUNG REVOLUTION

この時代、この日本に生まれて。
オレは、今、家族や仲間にも恵まれ、毎日を幸せに生きている。

でも、たまに想う。

日本も、地球も、こんなにめちゃくちゃなことになっているのに。
もっと、自分に出来ることはないだろうか？
本当に、オレは、このままでいいんだろうか？

いつの時代にも、若者にしか出来ないことがある。
30年後、生きていない人たちに、30年後の未来は描けない。

日本が日本であるために。
自分が自分であるために。

やるなら、今しかねぇ。

RESPECT BOOKS

17

「サンクチュアリ」

史村翔・池上遼一 / 小学館文庫

ふたりの高校生が、それぞれ、表の世界と裏の世界へ進み、日本を変えていく物語。
わかりやすいストーリーで、いわゆるマンガ的なマンガなので、大げさだよって笑う人もいるかもしれないけど、オレは、こういうの大好き。20歳の頃に読んで、自分の中で初めて、「日本」というものに対して、アツい何かが着火した本でもある。

「愛と幻想のファシズム」 村上龍 / 講談社文庫
「希望の国のエクソダス」 村上龍 / 文春文庫

村上龍さんのこの小説が好きで、何度も何度も読んでいる。
２冊ともに、現代の日本の若者たちが中心になって日本を変えていく物語で、革命というものへのリアリティ、現実感をくれる魅力的なサンプルでもあると想う。
特に、「愛と幻想のファシズム」の主人公のトウジがあまりにかっこよくて、久しぶりに、本気で憧れてしまった。

▲CUSTOMED: サンクチュアリ
customed by Yuko Otsu
material: 布（白）・ ペンテルクレヨン（黒／赤）
ちょめちゃんの姪っ子の優たん作のブレスレット

▲CUSTOMED: 希望の国のエクソダス
customed by Minoru Takahashi
material: 段ボール・色紙各種・布ヤスリ
エドウィンのタグ・ジェルメディウム

▲CUSTOMED: 愛と幻想のファシズム（上／下）
customed by Hiroshi Morinaga
material: ペイントマーカー（ゴールド）・北京のホテルのカード・星のシール・メタルテープ
ジョニーデップのコラージュ（眼の部分は雑誌広告の車のヘッドライトを使用）
北京のビデオ屋で見つけたウエスタンムービーの切り抜き・ホチキス止め

爆弾が落っこちる時
何も言わないってことは、

爆弾が落っこちる時全てを受け入れることだ。

THE BLUE HEARTS 「爆弾が落っこちる時」

REVOLUTIONAR
WANTED!

革命家 募集！

★変えるもの	日本。世界。もしくは、自分。
★勤　務　地	自由
★勤 務 時 間	超完全フレックス
★給与・報酬	LOVE & PEACE
★問い合わせ先	自分の心まで、どうぞ。

VIVA LA REVOLUTION!

ES

4

PART. 4

ENJOY THE STORY OF LIFE.

人生という物語を楽しもう。

人生は80年の物語。

今まで、自分はどんな物語を生きてきたんだろう？
そして、これから、どんな物語を生きようか？

誰の人生にも、春夏秋冬がある。

あなたは、今、どの季節を生きていますか？

18

BIOGRAPHY

BIOGRAPHY

自伝を読もう。自伝を書こう。

人生をひとつの物語としてみる視点。
その象徴的な表現が「自伝」だと想う。
読むのはもちろん、書くのも含めて、オレは自伝というものが大好き。

憧れる人々の自伝を読んで、自分の生き方のヒントをもらったり。
自分の自伝を書きながら、過去を整理したり、未来のことをあれこれ考えてみたり。
人生をひとつの物語としてみることで、新しく発見することは意外に多い。

そして、読むだけじゃ物足りない人は、ぜひ、自伝を書いてみよう。
自伝を書いてみると、楽しかったことも、辛かったことも、みんなネタに思えてくるぜ。
そして、もし、いいのが書けたら、出版社へ企画を持っていくなり、自費出版するなり、自分で出版社を創るなりして、出版してみると、もっと楽しいね。
有名だから自伝を書くのではなく、自伝を書いて有名になるっていうのも悪くない。

RESPECT BOOKS 18

「自由になあれ」
三代目魚武濱田成夫 / 角川文庫

三代目魚武濱田成夫さんが、無名時代に出版した自伝。
大阪を舞台に、19歳の正真正銘のプータローが、いろいろと楽しいことをやらかしていくストーリーは、すごくリアルで面白い。笑える。パワーが沸いてくる。

「エグザイルス」
ロバート・ハリス / 講談社

かっこいい放浪者であるロバート・ハリスさんの半生を綴った物語。
さすが、朝の子供向けのテレビ番組で、「おまえら！ ドロップアウトしないと、人生を棒に振ることになるぜ！ いぇいー！ PEACE！」とかシャウトしていた人だけあって、すごく面白いよ。

「Adventure Life」
高橋歩 / A-Works

30歳になった記念に出版したオレの自伝。
自伝は、何度書いても、楽しいもんだ。

▲CUSTOMED: 自由になあれ
customed by Hiroshi Morinaga
material: 北京のホテルのメモパッド・ホチキス
厚い透明ビニールテープ・ガムテープ（ブラック）
ジュエリーシール・ペイントマーカー（ゴールド）

▲CUSTOMED: Adventure Life
customed by Hiroshi Morinaga
material: 北京のホテルの歯磨きチューブ
鉛筆 HB・ポスターカラーマーカー（ブラック）
透明ビニールテープ・ホワイトテープ

▲CUSTOMED: エグザイルス
customed by Hiroshi Morinaga
material: 段ボール・ポスターカラーマーカー（イエロー／ブルー）
ガムテープ（レッド）・ホチキス・アルファベットスタンプ
ジュエリーシール・透明ビニールテープ

19

FACE THE REAL

FACE THE REAL

人生は、うまくいくときばかりじゃない。
理由はそれぞれだが、誰もが、きっと、一度や二度は、地獄のような日々を味わうと想う。

地獄から脱出するには、どんなに苦しくても、地獄に向き合うしかない。
痛みをこらえ、目を背けずに、今、自分が置かれている現実に向き合い、ひとつひとつ、手を打っていくしかない。

そして、辛いときも、苦しいときも。
頑張れるのは、そこに希望があるからだ。
人は、希望をなくしては、生きていけない。

かすかな光かもしれないし、もう消えそうになっているかもしれない。
でも、顔を上げれば、必ず、どこかに希望の光が射している。

どんなときも。
自分の胸の中で、希望だけは持ち続けような。

応援してるぜ！

RESPECT BOOKS

19

「リアル」

井上雄彦 / 集英社

「スラムダンク」「バガボンド」などで有名な井上雄彦さんの漫画。
主人公たちの身に起こるリアルを目の当たりにして、「もし、これが自分だったら ...」と、想像しながら読むと、胸に刺さってくることが多いマンガだ。
リアルを受け入れて、前へ進もう。

▲CUSTOMED: リアル
customed by Hiroshi Morinaga
material: コミックスのコラージュ・ジュエリーシール
ホチキス・透明ビニールテープ

20

MEMENTO-MORI

MEMENTO-MORI

ガンジスにて。

小船に揺られながら、死体が焼かれるのを見ながら、濃厚なチャイを飲みながら。
自分の死を想い、大切な人の死を想う。

いつか、必ず訪れる、大切な人の死。
そして、いつか、必ず訪れる、自分の死。

人生は無限じゃない、という事実を、しっかりと肌で感じられたとき。
「今、やるべきこと」が見えてくる。

行動力というものは、死を想うことから生まれる。

RESPECT BOOKS 20

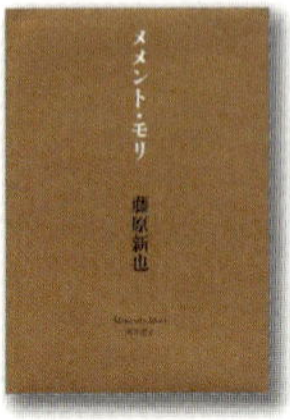

「メメント・モリ」

藤原新也 / 情報センター出版局

藤原新也さんが、インドを放浪して綴った言葉&写真集。この本のあるページに刺激を受けて、インドのガンジスへ向かった人は多いと聞くが、僕もそのひとりだ。何十年経っても、色あせない本。

「今日は死ぬのにもってこいの日」

ナンシー・ウッド / めるくまーる

インディアンの古老たちの言葉を集めた本。
「今日は死ぬのにもってこいの日だ」
そんなコトバを言える人々は、どんな人たちなんだろう？
そう想いながら、1ページ1ページをゆっくりと味わった。

▲CUSTOMED: メメント・モリ
customed by Hiroshi Morinaga
material: ポスターカラーマーカー（ブラック／イエロー）
メタルテープ・ガムテープ（レッド）・ペイントマーカー（シルバー）
映画『シド＆ナンシー』のビデオパッケージの写真をコラージュ

▲CUSTOMED: 今日は死ぬのにもってこいの日
customed by Hiroshi Morinaga
material: 銀のコイン・マジックインク（レッド）
鳥の羽・カッターナイフで表紙を一部削ぎとる
ペイントマーカー（ゴールド／シルバー）

21

TOGETHER

TOGETHER

2001年12月22日。
世界で一番、イルカに近い人間と言われ、映画「グラン・ブルー」のモデルにもなったジャック・マイヨールが、自らの命を絶った。自宅のリビングでの首吊りだった。
彼の考え方を愛し、イルカという生物に対しても特別なフィーリングを持っていた僕としては、衝撃的だった。

自ら命を絶った理由なんて、きっと、本人にしかわからない。ただ、ひとつだけ、とっても印象に残っていたのは、亡くなって5日後の彼の葬儀に、家族や親族がひとりも来ていなかったということ。そして、親しいと想われていた友人たちも、ほとんど誰も来ていなかった。

それは、何か大きなことを象徴している気がする。
あれだけ自分の世界を深く探求しても、すばらしい業績や名声を手に入れても、健康な身体に恵まれていても、毎日を青い海に包まれて気持ちよく暮らしていたとしても…やっぱり、人間は、親しい人たちとの温かい関係やぬくもりみたいなものがないと、生きていけないのかもしれない。

大きなリスペクトと、小さな悲しさを胸に。

愛すべきジャック・マイヨールの冥福をお祈りします。

RESPECT BOOKS

21

「イルカと、海へ還る日」

ジャック・マイヨール / 講談社

ジャック・マイヨールが、自らの体験をベースに、生きることの素晴らしさを綴った本。
イルカとの生活、深海へのフリーダイビング、禅やヨガから得た覚醒、そして、海への回帰…
わかりやすい文章で綴られた美しい物語が、僕の中で、今も、青く輝いている。

「ジャックマイヨール、イルカと海へ還る」

ピエール・マイヨール パトリック・ムートン / 講談社

誕生から死に至るまで、ジャック・マイヨールのたどった人生を、身近にいた兄が綴った本。
今まで世に出ることのなかった、数々のエピソードも語られている。
読んでいて、胸が痛かった。

▲CUSTOMED: イルカと、海へ還る日
customed by Hiroshi Morinaga
material: ポスターカラーマーカー（ブルー）
鉛筆 4B でイルカを描く・ペイントマーカー（シルバー）

▲CUSTOMED: ジャックマイヨール、イルカと海へ還る
customed by Yuko Otsu
material: ダンボール（センター切り抜き）・写真切り抜き
ジュエリーシール（イルカの眼）・文字切り抜き
ポスターカラーマーカー（シルバー）

22

ALIVE

ALIVE

生きてるだけで、いいかもな。

どんなに、「今」が辛くても。
どんなに、「今」が痛くても。
生きてさえいれば、物語は続いていく。

何度でもゼロからやりなおせばいいじゃん。
すべてをリセットして、誰も知らない海外で暮らしたっていいじゃん。
ただ、時間が経つのを待って、じっとしててもいいじゃん。
生きながら、生まれ変わっちゃえばいいじゃん。

生きてさえいれば、いつか、必ず、今の胸の痛みを笑える日が来る。

RESPECT BOOKS

22

「生きてるだけで、いいんじゃない」

中島デコ / 近代映画社

中島デコさんという、かっこいい女性のフォトエッセイ集。辛いことも苦しいこともいっぱいあったのに、それを肥料にしながら、いつも明るく暮らしていこうとする、ひとりの素敵なおばちゃんの言葉に心を打たれた。
生きてるだけで、いいかもね。
辛い夜があっても、そう言って、笑いあえたらいいね。

▲CUSTOMED: 生きてるだけで、いいんじゃない
customed by Hiroshi Morinaga
material: ガムテープ（レッド）・製本テープ（ホワイト）
メタルテープ・ガムテープ・銀色のお飾り（祝い用）
中国シルクロードの酒造メーカーのロゴ

人生は、楽しむためにある。

うわ

5

PART. 5

LOVE & FREE

愛する人と自由な人生を。

Oögenes
Boutique

愛する人たちのいる自由は、楽しい。
ひとりぼっちの自由は、さみしい。

LOVE or FREE じゃない。
LOVE & FREE なんだ。

いっぱい、いっぱい、旅をして、ようやくわかった。
一緒に笑いあえる人がいるから、旅は楽しいんだ。

そして、帰るところがあるから、旅は楽しいんだ。

愛を生きる。あなたと生きる。

Barq's
DRINK
Barq's
IT'S GOOD

ACADIANA

23

REAL LOVE

REAL LOVE

ジョン・レノンが好きだ。

世界最高のロックバンドのメンバーでありながら、音楽活動を休止し、専業主夫として家族と過ごす時間を選んだジョン。

世界中の人に愛を歌い続けた末に、結局、たどり着いたのは、一番近くにいる妻と息子への愛を歌うことだった。

ミュージシャンとしてはもちろんだが、オレは、父親としてのジョン・レノンを、最高にリスペクトしている。

だって、みんなが自分の家族を幸せにできれば、世界は平和なんだよね。

LOVE＆PEACE.

RESPECT BOOKS

23

「ジョン・レノン詩集 イマジン」

訳：平田良子 / シンコー・ミュージック

ジョン・レノンの詩集。
歌を聴いて、なんとなくわかっているつもりになっていたが、あらためて、詩集を読むと、彼の求めていたLOVE&PEACEというものが、より深く伝わってくる。
彼の言葉は、強く、そして優しい。

「ジョン・レノン ラストインタビュー」

ジョン・レノン オノ・ヨーコ / 中公文庫

死の2日前に行われたジョン&ヨーコ夫妻のロングインタビュー。
夫婦ふたりのやり取りが、すごくナチュラルで、心が和む。
英雄としてのジョンではなく、ひとりの男としてのジョンを感じられる本。

「リアル・ラブ ショーンのために描いた絵」

ジョン・レノン / 徳間書店

ジョンが専業主夫をしながら、息子のショーンとともに描いた絵を集めた本。
これを描いているふたりの様子を想像しながら、ひとつひとつの絵を眺めていると、すごくあったかい気持ちになれる。
もちろん、BGMはアコースティックの名曲「REAL LOVE」で。

▲CUSTOMED: ジョン・レノン詩集 イマジン
customed by Hiroshi Morinaga
material: ペイントマーカー（シルバー）
マジックインク（ブラック）
北京のスーパーマーケットのビニール袋

▲CUSTOMED: ジョン・レノン ラストインタビュー
customed by Minoru Takahashi
material: OHP シート・アクリル絵の具
透明テープ・ジェルメディウム

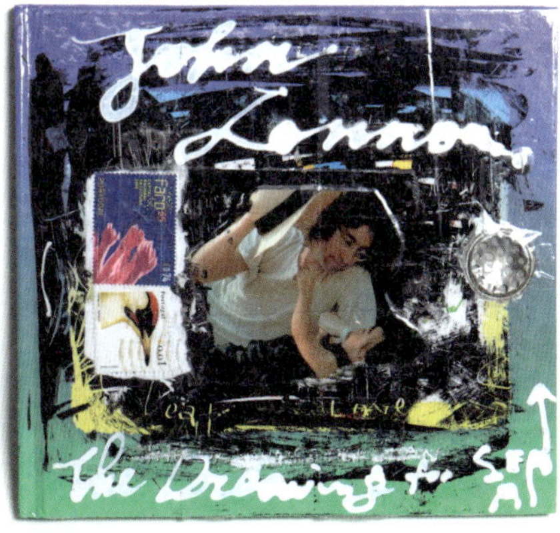

▲CUSTOMED: リアル・ラブ ショーンのために描いた絵
customed by Hiroshi Morinaga
material: ペイントマーカー（ブラック）・修正インク（ホワイト）
ヘッドフォンのスピーカーカバー・ポルトガルからの切手・透明ビニールテープ

24

ONE LOVE , ONE WORLD.

ONE LOVE , ONE WORLD.

静かに、あったかく。
目の前にいるひとりひとりに愛を贈ろう。
いいバイブレーションは、自然に、世界へと広がっていく。

地球上のすべての水は地下水でつながっているように。
見えないところで、世界はつながっているから。

RESPECT BOOKS

24

「結晶物語　水が教えてくれたこと」

江本勝 / サンマーク文庫

顕微鏡で見た水の結晶の写真集。
とってもきれいで、とっても深い本。
やっぱり、世界はつながっているんだね。
この本を読んで、あらためて、そう想った。

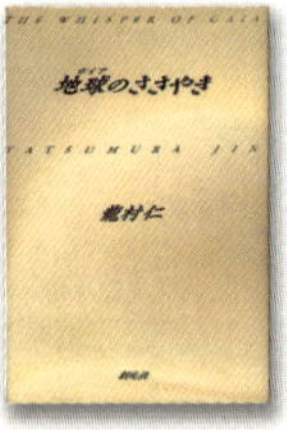

「地球（ガイア）のささやき」

龍村仁 / 創元社

映画「地球交響曲」の監督である龍村仁さんによるエッセイ集。
世界中の素晴らしい人々やその活動を紹介しながら、新しい扉をどんどん開いてくれる本。
みんな違うけど、みんな同じだな。
読み終わったとき、そんな気持ちになる本だった。

「ライオンのうた MESSAGE THROUGH BOB MARLEY」

編：バンブースタジオ / テン・ブックス

ボブ・マーリーの歌詞を胸に刻みながら、そこから広がるイメージや空気を味わえる本。
彼に共感する人々によるイラストや物語も、いい世界を創っている。
ONE LOVE , ONE WORLD.
ひとりひとりに愛を。すべてはつながっている。

▲CUSTOMED: 結晶物語
customed by Hiroshi Morinaga
material: 段ボール・キッチン用油除け
ホチキス・ポスターカラーマーカー（ブラック）
マジックインク（ブラック）・ホワイトテープ
修正用インク（ホワイト）

▲CUSTOMED: 地球のささやき
customed by Hiroshi Morinaga
material: ポスターカラーマーカー（ブラック）
中国の紹興酒のケースの図柄（切り抜き）
煙草 HOPE ライトの弓矢印（切り抜き）
修正用インク（ホワイト）

▲CUSTOMED: ライオンのうた MESSAGE THROUGH BOB MARLEY
customed by Yuko Otsu
material: 水性マジック（黒）・水性絵の具（白）・切り抜き・折り紙（ゴールド）
ガムテープ（白／赤／黄色／緑）

25

I LOVE YOU

I LOVE YOU

オレは、仲間が出来て、より自由になった。
オレは、結婚して、より自由になった。
オレは、子供が出来て、より自由になった。

愛する人たちの存在が、オレを自由にした。

人は、愛があるから、自由になれるんだ。

RESPECT BOOKS

25

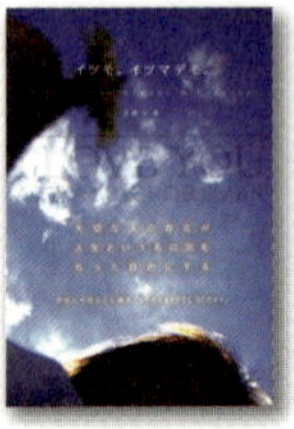

「イツモ。イツマデモ。」

高橋歩 / A-Works

妻のさやか、そして、愛する人たちへのラブレター。
自分の作品の中で、一番好きな作品。

さやか。愛してるぜ！
いつも、いつまでも。

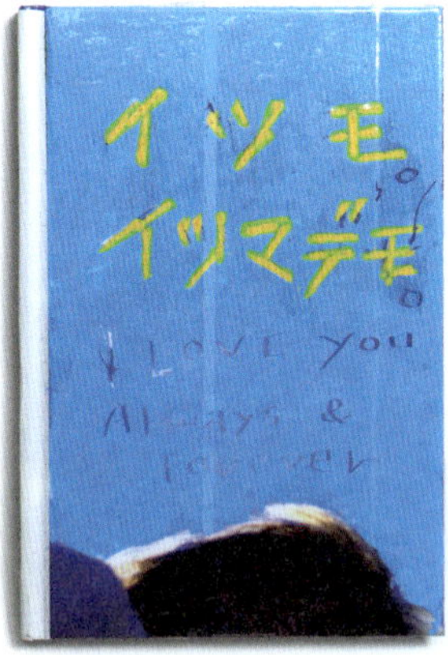

▲CUSTOMED: イツモ。イツマデモ。
customed by Hiroshi Morinaga
material: ポスターカラーマーカー（ブルー／イエロー）
鉛筆 4B・ホワイトテープ・透明ビニールテープ

両親、兄弟、家族、そして、恋人、友人たち…

自分にとって、大切な人を大切に。

それだけでいい。
それだけがいい。

YOGI BEAR

さぁ、今日も。

愛する人たちへのラブソングを歌おう。

愛する人と自由な人生を。

愛する人と自由な人生を。

愛する人と自由な人生を。

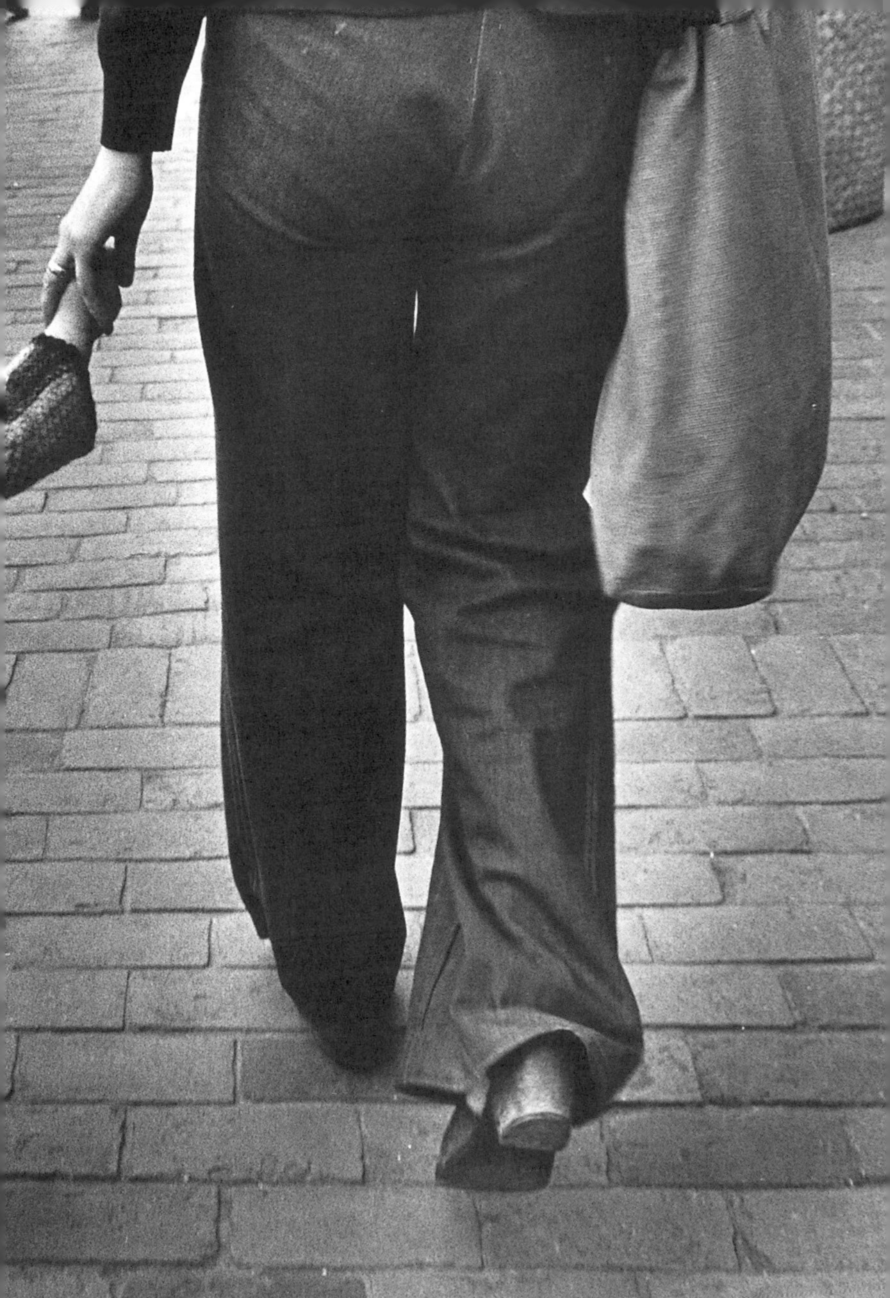

愛する人と自由な人生を。

愛する人と自由な人生を。

愛する人と自由な人生を。

愛する人と自由な人生を。

愛する人と自由な人生を。

おわりに

まず、この場を借りて。
この本に紹介させてもらったすべてのアーティストの方々に、
心から、お礼を言いたいと想います。

素敵な作品を生み出してくれて、本当にありがとうございます。
僕は、これらの作品から、本当にたくさんのことをもらいました。
そして、僕も負けないように、頑張って創り続けたいと想っています。

そして、この本を読んでいるあなたへ。

最後まで読んでくれて、どうもありがとう。
これからも、お互いに、そして、機会があれば一緒に。
楽しいことをいっぱいしよう！

高橋 歩

2006.11.20　さやかとの８回目の結婚記念日に。

「書を捨てよ、町へ出よう」

寺山修司 / 角川文庫

高橋歩の『自由のカタチ』　磯尾克行

この本を読み終えたあなたには、今、世界はどう映っているだろうか？
飛行機が雲の上に出た途端、機上から垣間見られる、あの果てしなく広がる青空のように、
急に視界が、今までよりも、広く、大きく、感じられているとしたら、たとえ、それがほんの些細な感覚だとしても、もう既に、あなたは、新たな『自由への扉』を開き始めているんだと想う。

この本を書いた高橋歩という人も、決して、最初から「自由だった人」じゃない。
様々な扉を開きながら、いまだ、自分を「自由に開放している最中の人」なんだと想う。

ボクは、あゆむとは、かれこれ、10年来、一緒に仕事をしたり、遊んだり、旅をしたりして、家族のような仲間として過ごしてきた。今は、あゆむの経営する会社の取締役という関係でもあるし、本の著者と編集者というパートナーでもある。

ここでは、「高橋歩プロフィール」の代わりに、あゆむについて、ちょっと紹介してみようと想う。

今、この世の中で、自由に生きるためには、なかなか難しい問題が控えている。
「自由に生きたい」と願っても、自分の生活・仕事・環境を、しっかりと管理して安定させなくては、お金と時間と人間関係にすぐに行き詰ってしまうだろう。そうかと言って、まずは自分を管理して安定を求めていると、いつしか、自由からははるか遠い場所にたどり着いていたりするものだ。

『自由』との境界には、安定という誘惑が待ち構えている。
『自由』への階段には、管理という欲求が潜んでいる。

さあ、どうしよう？

「遊び」「仕事」「恋愛」「人生」において、多くの人が、その葛藤で悩み、壁にぶつかっている。

もちろん、高橋歩も同じような道をたどってきたはずだ。

では、高橋歩はどうやって、『自由への扉』を開いてきたのだろう？
なぜ、高橋歩の書く『自由』という言葉は、こんなにも心に響くのだろう？

そう想っているあなたに、高橋歩の秘密をちょっと教えましょう。

高橋歩の『旅のカタチ』

新婚旅行で世界一周をしたり、今でも、かなり頻繁に旅に出かけていたりするにもかかわらず、
実は、高橋歩は、ひとり旅が嫌いだ。

先日も、ボブ・マーリーの故郷ジャマイカに、スケジュールの都合で、珍しく、ひとり旅を敢行したのに、旅の最中ずっと、ホテルでも、どこでも、相当淋しかったらしい。
「もう、しばらく、ひとり旅はしない」と帰国早々、あゆむは宣言した。
「どんなに素晴らしい景色を見ても、どんなに美味しいものを食べても、美しいね、美味いねって、一緒に言い合える人がいなけりゃ、全然つまらないじゃん」とあゆむは言う。

よく一緒に海外へ旅をしているが、あゆむは、日本にいるときと、ほとんどテンションが変わらない。
いつも、面白いことにアンテナを張って、美味しいものをみんなで食べ、出逢った人に好奇心を示して、夢を問いかけ、夢を語る。
常に、突拍子もないアイデアを思いつき、実現するための作戦をワクワクと考え、すぐに発表して、みんなを巻き込んでいく。
高橋歩の旅は、どこに行こうと、ただ、日常が続いているだけなのだ。

フィリピンの離島でも、ニューヨークのアーティストの溜まり場でも、ケータイで奥さんに電話したり、仲間と仕事の話を真面目にしたり。
興味を持ったことは、何でも試したがり、入れそうもない場所でもあの手この手で交渉に行ったり。
いつでもどこでも、あゆむは、楽しさ・快適さ・面白さを求めている。
スコットランドの外れの港町でも、ハワイのコンドミニアムでも、朝はパソコンでメールして、夜は飲みながら、未来のプランを語る。東京や沖縄でやっていることと、ほぼ全く違いのない毎日。

あゆむは、どこにいても、変わらない。そして、どこにいても、変わり続ける。

どうして、そうなるのか？
・・・それはきっと、あゆむが日常の些細なことを大切にしているからだと想う。
「電話で子供の声を聞けた」ということに喜び、「奥さんとゆっくり話せた」ということで和み、「面白い本に出会った」ということでワクワクし、「ひとりの読者が感動してメールをくれた」ということに満たされる。

あゆむにとっては、『日々の人生が旅』のようなもの。
だから、高橋歩の毎日は、刺激的な幸福に満ちている。

高橋歩の『仕事のカタチ』

高橋歩は、4社の会社の社長であるにもかかわらず、ある意味、社会的に見れば、かなり使えない経営者だ。奥さんのさやかちゃんとケンカしただけで、あっという間にテンションが下がり、仕事のやる気を全く喪失してしまったり。社長の癖に、自分の給料もよく知らないほど、ほとんどのことは経理任せだし、経営の難しい書類は、多分、そんなに理解していなかったり。
まあ、ビジネスとして考えれば、相当、問題あり・・・のはずだが、本人は、全く気にしていない。
自らの得意と不得意、好きと嫌いをハッキリさせ、それに合わせた役割分担をして、信頼という名のもと、周りのメンバーに頼り切る・・・それが、高橋歩方式なのだ。

『自由人・高橋歩』の世の中的な呼ばれ方は、なかなか多彩だ。
出版社社長＆著者、起業家＆アーティスト、旅人＆主夫という、複数の顔。
マスコミからは、いつも、「何をやっている人かわからない」「本業は何なのですか？」と不思議がられる。
どれでもあって、どれでもないというのが、正解に近い。

「管理したい！ 消費したい！ 分類したい！」という思考で、肩書や出身など外側のデータを人に貼りつけ、全てを整理してしまう、今の大半の社会というシステムにとっては、高橋歩は、わかりにくく、居心地の悪い存在だ。

だから、「高橋歩さんは、どんな仕事をしているんですか？」と訊かれても、ちょっと答えに困る。
あゆむにとって、『職業は自分』だから。

肩書に、自分を合わせていくのではなく、欠点も長所も含めて、自分がそのまま職業になっている。結局、高橋歩にとっては、今までの人生、自分のピンと来たことが、仕事というカタチになってきただけ。そして、何をしていても、プレステのゲームをやるような感覚で、楽しんで仕事をしてきただけ。

あゆむが人に対して怒ることは滅多にないが、仕事に集中しているときだけは、たまにキレることがある。ゲームだからこそ、時に怖いくらい、必死に真剣に取り組んでいるのだ。

あゆむは、今回の執筆中、「奇をてらわない。ペンを走らせない。悦に入らない」ことに、かなり敏感に気をつけていた。ボンヤリとしか想っていないことでも、ついつい、人は、ペンを走らせ立派な文章にしてしまうものだから。カッコイイ言葉を思いついたら、何気なく、それを簡単に使ってしまうものだから。沢山の本を読んでしまうと、頭で理解しただけの知識なのに、ふと、自分が体験したかのように、披露してしまうものだから。

実は、この本を書き上げるまでに、せっかく途中まで書いた原稿を、あゆむは何度も何度も自ら削除し続けた。自分の想いと、書いている文章の意図が微妙に違うだけで、潔く、勇気を持って、膨大な量のデータをザクッと捨ててしまっていた。

出版社は、『伝える』ことが仕事だ。そして、「伝えよう！ 伝えたい！」と想えば想うほど、半ば無意識に、時に大げさに、時に美化しすぎて、人にアピールしてしまうことがあるものだ。でも、ちょっとでも自分の心の奥にある想いと言葉がぶれたとき、その表現が伝わらないものになることを、高橋歩はよく知っている。

「考えるのではなく、想い出すのだ」と、あゆむは言う。
「作品を創るというより、心のド真ん中を出すのだ」と。

「本当に自分が感じていることは、何か？」「これは、本当に心の底から想っている言葉か？」
そう自問自答して、一生懸命、高橋歩は、自分の奥深いところと向き合っていく。
ただ、狂ったように本を創る。まずは第一走者として、自分を追い込んで、追い込んで、ようやくあふれてくる『自分のド真ん中の想い』を形にして、最高と想える原稿に創り上げ、デザイン・営業・販促の仲間へと、バトンのように手渡して、作品にしていく。
この本も含めて、これは昔から変わらない、高橋歩の創作スタイルだ。

なぜ、そこまで、自分を追い込むことができるのか？
・・・それはきっと、原稿を書き上げたとき、自分の役割を精一杯果たした自分を、自分でタップリ誉めることで、まずは報われるからだと想う。そして、奥さんのさやかちゃんからの『あゆむ、お疲れ様』というコトバによって、ますます満たされ、やがて、原稿が本という形になり、読者からメールや手紙の感想をもらうことで、どんどん昇華されていくからだと想う。

「自分の心の井戸を深く、深く掘っていけば、いつか、全ての人の心がつながっている泉へとたどり着く」というようなことを、あゆむはよく言う。そして、まさに、淡々と、せっせと、あゆむは、自分の心の奥をただただ掘り続ける。

高橋歩の文章は、当たり前のシンプルな言葉ばかりなのに、なぜか、「今まで読んだことのない新鮮な衝撃」を受ける人が多かったり、「なかなか言葉にできなかった、心の奥に潜んでいた気持ちを代弁してくれた」という感想が多く寄せられるのは、それが理由なのかもしれない。

自分から、家族から、仲間から、そして、読者からもらえる喜びが、エネルギーという名のあゆむの燃料になっていく。
だから、高橋歩は、自分を追い込みながらでも、いつも元気でいられる。

高橋歩の『自分のカタチ』

オリジナルの世界をしっかりと持っているように見えるかもしれないが、実は、高橋歩も、最初は素直に「ヒーロー」に憧れるだけの、ただの忠実で従順で熱狂的なひとりの「ファン」に過ぎなかったと想う。

マザー・テレサと織田信長、ジョン・レノンとチェ・ゲバラ、星野道夫と長渕剛、ディズニーとボブ・マーリー・・・あゆむの中には、相矛盾するお手本のヒーローが、複数存在している。
高橋歩という人の内面は、どうやら、自分の愛する『人生のサンプル』を沢山寄せ集めることで、出来ているようだ。

あゆむは、自分がピンと来るものに投資することに、躊躇がない。
本でも、CD でも、DVD でも、すぐに買う。全部買う。今、読みたいからと、同じものを何度も買う。
関係あるものはたくさん買う。要するに、「フェチ度」が、超高い。
同じ本を何回も読んだり。同じ映画を何十回も観たり。
とにかく、しつこく、しつこく、自分の中に、ピンと来る人や作品の世界を取り込んでいる。
偉大なる人々の「哲学と美学」を、しっかりと真似て、あゆむは、それをじっくりと自分の一部にしていく。

そうやって、本や映画や音楽を通して出逢った、偉大なる「師」をコピーしながら生きていくうちに、少しずつ少しずつ、高橋歩も、『自分。自由。』というオリジナルになっていったのだろう。

★

もう既に、高橋歩は、30歳を超えた、2児の父親ではあるけれど、ある意味、まだワガママなままの、大きな子供のようだ。例えば、会社の会議の場でも、冷静にビジネスの展開について鋭い指摘をしたかと想えば、こっそりと人のノートに「イタズラ描き」をしてはニヤニヤしていたりする。

子供のような気持ちで、スキなことをして、楽しいイメージをいつも膨らまし、頭を整理してから、仕事に向かう。自分のコンディションを気持ちよい状態に長く置いておくことで、「いいアイデア」がどんどん溢れてくる・・・それが、あゆむの磨いてきた人生を楽しむワザだ。

あゆむは言う。
「人と話すことでも、釣りやサーフィンやシュノーケリングやスポーツをすることでも、マンガや映画や本や音楽や写真や芝居やゲームに触れることでも、うまい酒やうまい料理を食うことでも、景色や夕日や朝日や潮風や星に溶けることでも、なんでもいいんだけど、自分が、『おいしい』『楽しい』『気持ちいい』『すげぇ』『サイコー』って感じるような時間を、生活の中に、うまく自分で盛り込んでいくクセをつけることで、エネルギーが溢れてきて、結果、自分のやるべきことも速く進む気がするんだ」と。

2年後、3年後の未来図を、あゆむは、いつも楽しそうに、何度も何度もしつこいくらいに話す。
「2008年から、家族で、世界一周の旅にもう一度出て、そのあと、ハワイに住んで、音楽を始めて・・・」まるで子供が「楽しみにしていた夏休みの予定」について嬉々として語るように、そのイメージは細部にわたって、妙にリアルなのだ。

ふと、気づくと、遊びを無邪気に思いつく子供の目をしていたり。急に、仕事に真剣に向かい合う大人の表情を見せたり。あゆむは、この相矛盾するバランスをどちらも否定せず、器用に扱いながら、自分のスタイルを創っている。
あゆむは、子供と大人のチャンネルを巧妙に入れ替えながら、「自分の心を喜ばせるプロフェッショナル」なのだと想う。
だから、高橋歩は、年をとればとっていくほど、様々な経験と大きな視野を手に入れつつも、心はどんどん若々しく、ずっと無邪気な子供のままで変わらない。

高橋歩の『人生のカタチ』

「よく飽きないなあ」と呆れるくらい、高橋歩は、自分の話を、本当に嬉しそうに、本当に楽しそうに、繰り返し話す。どんなに悲惨な体験も、どんな苦労話でも、あゆむにかかれば、「笑って泣ける人生のネタ集」になってしまう。
何と言っても、23歳で初めての自伝を書き、30代前半で既に自伝を4冊も出し、トークライブでもう500回以上、自伝的物語を語り続けている男、それが高橋歩だ。

まあ、シンプルに言えば、高橋歩とは、かなりの『自分好き』なのだ。
そうでなくては、こんなにも、同じ自分の話ばかりできるはずがない。

「自伝を書く」ということは、「自分の人生」を整理し、俯瞰して眺め、まさに、『自分の物語』を創っていく行為だと想う。その『自分の物語』を人に語ることで、記憶は常に微調整され、人に共感を持ってもらうことで、自分への信頼が深まっていく。つまり、「自分を肯定する」という好循環の作業を、あゆむは、ずっとやり続けているということになる。

高橋歩は、自分のライフを整理して、ストーリー化することを習慣にしている。
自分のパソコンのトップ画面に置いてある「AYUMU'S LIFE」というタイトルのメモファイル。
膨大な量の記録がそこにはあるらしい。
日々、気持ちいい場所で、そのファイルを見返し、自分で自分に質問しながら、メモを付け足し、自分を整理し、自分のストーリーを確認する時間を、あゆむは大切にしている。

「自分で、自分にどんな質問をするのか？」とあゆむに訊いてみた。

◎最近、なんかつまんないな？ なんでだろう？
◎○○がうまくいかなかったのは、なぜだ？
◎同じ失敗を繰り返さないために、次からはどうすればいい？
◎この経験から、なにを学んだ？
◎ぶっちゃけ、○○について、本当はどう想ってる？
◎ちょっと今日は、○○について、じっくり考えてみよう。
◎この事実は、オレに何を学べと言っている？
◎要は、今、一番大切なことはなんだ？
◎今、オレはなにを決めればいいんだ？
◎なんかいいこと思いついた感じがしなかった？

こんな自問自答を繰り返し繰り返し、あゆむのメモは、日々、増えていく。
確かに、頭で考えるだけでなく、文字にしてみることで、ハッキリしたり、スッキリしたりすることは意外に多いものだ。

「自分の大切なことを決めるときは、自分の心の声に正直に。常に、透明な感覚で選べるように」
あゆむと話していると、「透明な」というコトバが、やたらよく出てくる。
自分の心の声を聴く・・・簡単なようだが、この『自分の心の声』というヤツが、なかなかややこしい。

世の中の常識に縛られていたり。自分をよく見せようとするエゴというものに囚われていたり。
日々、自分の大切なものを確認していないと、その声はすぐに濁り、かすれてしまう。

「何がしたいのか？」「求めているものは何か？」「誰と、どんな風に生きたいのか？」
自分は、自分の本当の答えを、本当は知っているはずだ。
ただ、人は、かなり忘れやすい生き物なんだと想う。特に、大切なことほど、きっと心の奥深いところにソッと隠れているので、目先の時間や人間関係にとらわれてしまうと、つい忘れてしまうんだろう。

だから、高橋歩は、今日も、気持ちいい環境でパソコンに向かい、自分を透明な場所において、自分に質問し続ける。

高橋歩の『恋愛のカタチ』

高橋歩は、奥さんのさやかちゃんを、マジで愛している。
いつも、飲み会のネタは、LOVEトーク。講演会も、最後は必ず、奥さんの話で締める。

奥さんとの結婚記念日や誕生日には、どんな仕事も入れたくない。
社長がこうだから、わが社は、『仕事より恋愛』が最優先のルールのような状態になっている。
仕事が行き詰ろうと、会社の大事なMTGがあろうと、「恋愛」を優先してOKという、社会的には、かなり疑問なルールではあるのだろうが、社長自身がそれを真っ先に実践しているのだから、しょうがない。

「明日から、近所のサンエー（沖縄の地元のスーパー）で働いたとしても、本当に、オレは楽しくやれると想うんだよね」とあゆむは堂々と言う。
「その自信は、さやかがいるからなんだ」と、恥ずかしげもなく言い切る。
「ぶっちゃけ、さやかがいてくれれば、心から幸せなんだ」と繰り返す。
これだけ、本も売れて、人気もあって、会社の社長もやっているのに。
でも、そんなことは、あゆむにとっては、優先順位が低いらしい。

高橋歩には、地位より、財産より、大切な人がいる。
あゆむは、ただ、それをシンプルに、普通に、いつも語っている。

なぜ、こんな風に想えるんだろう？
・・・それはきっと、奥さんだけは、絶対に、自分の側にいてくれるという、絶対的な信頼があるからだと想う。いつでも還れる場所がある。ここだけは許してくれる場所がある。
それが、あゆむにとっては、「妻」という人の存在だ。

「無条件で愛してくれる存在がいる」・・・ただ、その事実だけで、高橋歩には膨大なパワーが湧いてくるようだ。結果がうまく出なくても、様々なことから追い込まれても、いろいろバッシングを受けたとしても、あゆむが、すぐに、バランスの取れた、揺れない「定位置」に戻って来られる理由は、「絶対的な人生の安心」が、最も身近にあるからだ。

あゆむにとって、奥さんは、パートナーであると同時に、母のような存在でもあるのだと想う。
だからこそ、あゆむは、思いっきり攻められる。だからこそ、あゆむは、怖れることなく挑戦できる。

「彼女にだけは、依存していいんだ」・・・そう感じるだけで、自立することができる。
「この人にだけは、甘えていいんだ」・・・そう想えるだけで、人に優しく、自分に厳しくすることができる。

絶対的な逃げ場があるからこそ、決して、逃げない勇気が生まれる。
だから、いつでも、どこでも、高橋歩には、『自由への扉』を開く準備ができている。

あゆむは、さやかちゃんとは、すぐにケンカするらしい。
それだけ、彼女に、ドップリと甘えている。

それでいいのだ。
それがいいのだ。

人生と妻への『絶対的な信頼感』を、根っこの底に持ち、
高橋歩は、今日も明日も、『生きている幸福感』を表現し続けている。

★

『自由であり続けるために。自分であり続けるために。』
あゆむは、昔から、本当に言っていることが変わらない。
そう言い続けて、確かに、そうなり続けてきた。
『自分の過去の成功に縛られない。常にパターンを壊し続ける。』
そう言い続けて、確かに、そうあり続けてきた。

これまでも。
これからも。

こうやって、高橋歩は、『自由への扉』をさらに開き続けるんだろう。
さあ、次はどんな扉を開くのだろう？
楽しみだ。

自由への扉　DOORS TO FREEDOM

2007年2月25日　初版発行

著　　者　高橋 歩
デザイン　高橋 実 / 大津 祐子
編集・制作　磯尾 克行 / 滝本 洋平
販売促進　森木 妙子
WEB制作　村中 美智子
経　　理　二瓶 明

写真　Steve Gardner / MegaPress Agency

Customed Books by　森永 博志 / 高橋 実 / 大津 祐子
撮影　松澤 亜希子

発行者　高橋 歩

発行・発売　株式会社A-Works
東京都新宿区荒木町13-9 サンワールド四谷ビル 〒160-0007
TEL: 03-3341-5026　FAX: 03-3341-3329
URL: http://www.a-works.gr.jp/　E-MAIL: info@a-works.gr.jp

営業　株式会社サンクチュアリ・パブリッシング
TEL: 03-5369-2535　FAX: 03-5369-2536

印刷・製本　中央精版印刷株式会社

Printed in JAPAN
ISBNコードはカバーに表記しております。
落丁本、乱丁本は送料負担でお取り替えいたします。

日本音楽著作権協会（出）許諾第0616381-601号

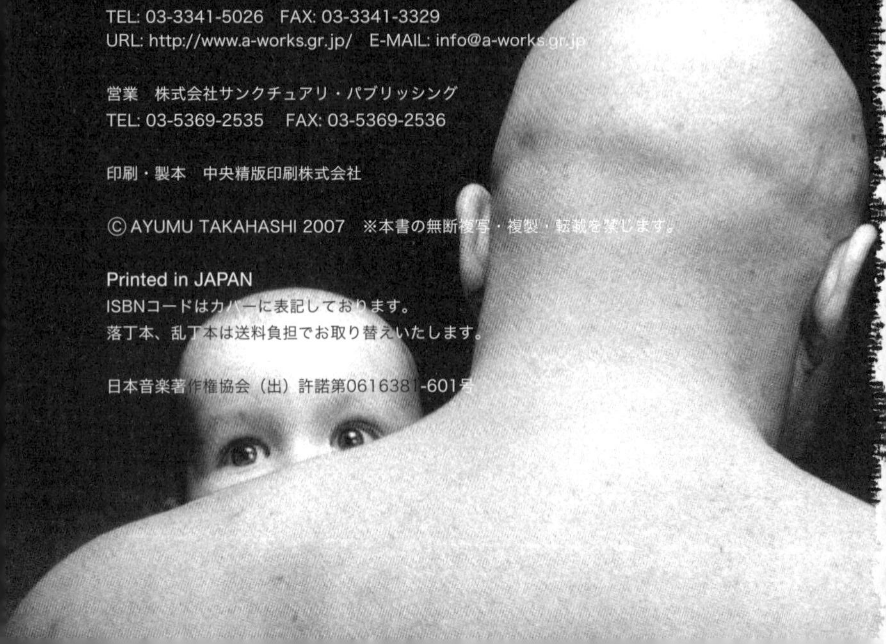